Vente des Jeudi 15 et Vendredi 16 Février 1872

SALLE N° 3.

COLLECTION DE FEU M. LE BARON DE LA VILLESTREUX

OBJETS D'ART

CURIOSITÉS — TAPISSERIES

TABLEAUX ANCIENS

EXPOSITIONS

Particulière
LE MARDI 13 FÉVRIER 1872

Publique
LE MERCREDI 14 FÉVRIER 1872

Me CHARLES PILLET,
COMMISSAIRE-PRISEUR
10, rue de la Grange-Batelière

M. CHARLES MANNHEIM,
EXPERT
rue Saint-Georges, 7

CATALOGUE

DES

OBJETS D'ART

ET DE CURIOSITÉ

Faïences italiennes et autres; Porcelaines de Chine,
de Saxe et de Venise;
Verrerie; Cuivres gravés persans;
Sculptures en bois et en terre cuite; Objets variés; Cabinets italiens;
Belles Pendules Louis XIV et Louis XV;
Cadres en bois sculpté et doré; Objets variés;

TAPISSERIES

TABLEAUX ANCIENS

COMPOSANT LA COLLECTION

De feu M. le Baron de LA VILLESTREUX

ET DONT LA VENTE AURA LIEU

HOTEL DROUOT, SALLE N° 3

LES JEUDI 15 ET VENDREDI 16 FÉVRIER 1872

A une heure et demie.

Par le ministère de Me **CHARLES PILLET**, Commissaire-Priseur,
10, rue de la Grange-Batelière,

Assisté de **M. CHARLES MANNHEIM**, Expert, rue St-Georges, 7,

Chez lesquels se trouve le présent Catalogue.

EXPOSITIONS { *PARTICULIÈRE :* le Mardi 13 Février 1872,
PUBLIQUE : le Mercredi 14 Février 1872,

De une heure à cinq heures.

CONDITIONS DE LA VENTE.

Elle sera faite au comptant.

Les adjudicataires payeront *cinq pour cent* en sus des enchères.

N. B. Les objets marqués d'un astérique ne proviennent pas de la succession de feu M. le baron DE LA VILLESTREUX.

Paris. — imp. de PILLET fils aîné rue des Grands-Augustins, 5

DÉSIGNATION DES OBJETS

FAIENCES

1 — Fabrique de Gubbio. — Petit plat rond à décor à reflets métalliques rehaussés de bleu. Imbrications et ornements au bord, au centre un lapin.

2 — Fabrique d'Urbino. — Coupe ronde à côtes décorée d'un buste de femme au centre et d'ornements au bord.

3 — Même fabrique. — Coupe analogue à celle qui précède, mais plus petite ; au centre, un trophée d'armes.

4 — Même fabrique. — Deux petits plats ronds décorés de grotesques sur fond blanc, dans le style du XVIe siècle.

5 — Même fabrique. — Saucière forme coquille, ornée de mascarons et décorée d'une figure d'amphitrite.

6 — Fabrique de Faënza. — Petit plat rond décoré au centre d'une figure d'amour en camaïeu bleu, et au bord, d'ornements en couleurs sur fond jaune orangé.

7 — Même fabrique. — Coupe ronde décorée d'entrelacs sur fond bleu foncé.

8 — Fabrique de Deruta. — Petit plat rond décoré d'ornements à reflets métalliques mordorés et bleu nacré.

9 — Fabrique de Faënza. — Deux vases sur piédouche à deux anses à torsade, décorés de bustes et d'ornements.

10 — Fabrique de Pesaro. — Plat rond décoré au centre d'un écusson armorié et au bord d'imbrications et d'ornements.

11 — Même fabrique. — Autre plat rond décoré au centre d'un buste de femme et au bord d'imbrications et d'ornements.

12 — Même fabrique. — Plat rond analogue à celui qui précède. La tête de femme se détache sur un fond gros bleu, et elle est entourée d'un listel avec inscription : Omnia Vincit Amor.

* 13 — Fabrique de Castel Durante. — Deux pots de pharmacie décorés d'ornements ; l'un d'eux porte les armes des Médicis.

14 — Fabrique hispano-arabe. — Plat rond à décor à reflets métalliques avec ombilic saillant.

15 — Même fabrique. — Plat rond analogue à celui qui précède.

16 — Faïence de Perse. — Plat rond décoré d'œillets et d'ornements émaillés en couleurs.

17 — Même faïence. — Joli vase décoré de fleurs sur fond blanc.

18 — Fabrique de Castel Durante. — Deux vases ovoïdes à deux anses décorés d'ornements en couleurs sur fond blanc.

19 — Même fabrique. — Salière carrée décorée de grotesques sur fond blanc et ornée de cariatides ailées aux angles.

20 — Même fabrique. — Jardinière carrée ornée de cariatides aux angles et décorée de figures, de rinceaux, d'armoiries, et portant le nom : *Arimino fatto.*

21-22 — Fabrique de Castelli. — Quatre jolies petites assiettes décorées de figures au centre et de figures de génies et de fleurs au bord. Elles seront vendues par deux.

23 — Même fabrique. — Deux tasses et deux soucoupes décorées de figures.

* 24 — Même fabrique. — Deux plaques rectangulaires décorées de sujets mythologiques.

* 25 — Faïence de Marseille. Pièce de surtout à quatre consoles, décorées de fleurs.

26-29 — Faïence de Venise. — Huit glaces-appliques gravées à figures, de forme contournée, avec cadres en faïence de Venise, décorés de fleurs. Elles seront vendues par deux.

30 — Faïence de Milan. — Cornet décoré d'un paysage en camaïeu rouge et bord bleu rehaussé d'or.

31 — Même fabrique. — Deux petits plats ronds à décors de style chinois.

32 — Faïence italienne. — Ecuelle avec plateau et couvercle décorée de fleurs, et ornements rocaille en relief émaillés rouge.

33 — Même faïence. — Saucière décorée de fleurs.

34 — Même faïence. — Deux vases décorés d'ornements en haut-relief.

35 — Même faïence. — Deux consoles formées chacune d'une tête barbue couronnée de vigne. Travail moderne.

* 36 — Même faïence. — Deux petits bustes d'empereur et d'impératrice romains.

* 37 — Faïence d'Avignon. — Deux lions assis.

38 — Faïence vénitienne. — Deux petits vases de forme surbaissée à couvercle, décorés de bouquets de fleurs.

39 — Faïence italienne. — Deux vases décorés de feuillages en relief, émaillés vert sur fond jaune.

40 — Faïence de Delft. — Garniture de cinq pièces, potiches et cornets décorés de figures d'amours et d'ornements en relief et en camaïeu bleu.

41 — Même faïence. — Deux vases forme balustre de même décor.

42 — Même faïence. — Garniture de cinq pièces décorées de sujets de marine en couleurs et d'ornements en relief.

43 — Faïence de Bernard Palissy. — Joli plat ovale à reptiles, émaillé en couleurs et jaspé au revers.

* 44 — Faïence allemande. — Plat rond décoré de fleurs.

* 45 — Faïence de Nevers. — Deux bouteilles, décor bleu et manganèse.

VERRERIE

46 — Coupe ronde sur piédouche bas en verre de Venise filigrané d'émail blanc.

47 — Buire à panse ovoïde et goulot à trèfle en verre de Venise filigrané d'émail blanc.

48 — Coupe ronde en verre opalin de Venise, à deux anses en S.

* 49 — Petite coupe ronde à bossages en verre de Venise incolore.

* 50 — Trois pièces en verre de Venise. Gobelet en verre filigrané, broc à une anse et petit vase.

PORCELAINES

51 — Garniture de cinq jolis petits vases en ancienne porcelaine craquelée gris de la Chine, avec bandes en relief dorées. Trois ont la forme balustre ; les deux autres, de forme ovoïde, sont accompagnés de couvercles avec boutons chimères assises.

* 52 — Fontaine-applique en ancienne porcelaine de Chine décorée en émaux de la famille verte.

* 53 — Deux petits plats en ancienne porcelaine du Japon à décor bleu, rouge et or.

54 — Jolie tasse avec soucoupe en ancienne porcelaine de Venise, décorée de figures de style chinois et d'ornements.

55 — Quatre belles tasses hautes sans anse en ancienne porcelaine de Venise, décor genre Saxe, à figures chinoises et ornements en couleurs et or et portant un écusson armorié avec devise : *Sans faillir*.

56 — Deux assiettes en porcelaine italienne, dont l'une à paysage en camaïeu rouge et bords bleus rehaussés d'or et l'autre décorée de fleurs et bords verts.

57 — Statuette de Vénus Callypige sur socle triangulaire à consoles en porcelaine blanche italienne.

58 — Dix-huit tasses avec soucoupes, une cafetière et un sucrier en ancienne porcelaine italienne, décorés de fleurs et de volatiles en rouge et or.

59 — Tasse avec soucoupe et pot à crême en ancienne porcelaine de Milan décorés de paysages en camaïeu rouge et à bords bleus rehaussés d'or.

60 — Tasse et soucoupe en ancienne porcelaine de Venise, décor genre Saxe, à figures et ornements.

61 — Quatre tasses avec soucoupes et un bol en ancienne porcelaine italienne, fond chocolat et médaillons à sujets chinois, style saxon.

62 — Cabaret en ancienne porcelaine italienne, décoré de paysages en camaïeu rouge et bords bleus rehaussés d'or. Il se compose de douze tasses et trois grandes pièces.

63 — Trois tasses sans anse en porcelaine de Worcester, décorées de bandes d'ornements bleu et rouge alternant.

64 — Deux tasses avec soucoupes en porcelaine italienne, fond gros bleu et médaillons de fleurs.

65 — Cabaret composé de douze tasses et trois grandes pièces en ancienne porcelaine de Venise, fond gros bleu et médaillons de fleurs.

* 66 — Petit vase à couvercle en porcelaine de Chine, à fond noir.

CUIVRES GRAVÉS PERSANS

* 67 — Boîte à pans et à couvercle bombé, en cuivre, gravé à figures, ornements et inscriptions.

* 68 — Buire et son bassin, en cuivre jaune, de forme très-élégante.

* 69 — Autre buire à panse bursaire aplatie, en cuivre, gravée à ornements.

* 70 — Petit vase à anse et couvercle en cuivre très-finement gravé à ornements.

* 71 — Vase analogue à celui qui précède, mais plus grand.

* 72 — Deux autres vases analogues, mais sans anse ni couvercle.

* 73 — Vase à pans en cuivre gravé à figures, ornements et inscriptions, et portant des traces d'incrustations d'argent.

* 74 — Bassin rond avec grille découpée à jour, en cuivre gravé à ornements et émaillé à froid.

* 75 — Bassin analogue à celui qui précède, mais sans émail.

* 76 — Vase forme potiche à côtes en cuivre gravé à ornements.

* 77 — Petit éléphant debout en cuivre gravé.

* 78 — Beau flambeau droit en cuivre finement gravé.

* 79-81 — Six jolis bassins en cuivre gravé à figures, ornements et inscriptions. Ils seront vendus par deux.

* 82 — Trois coupes en cuivre étamé, gravées à ornements.

* 83-85 — Huit coupes variées de forme, en cuivre gravé. L'une d'elles est accompagnée d'accessoires en cuivre servant à lire dans l'avenir. Ce lot sera divisé.

SCULPTURES

86 — Bois de noyer. — Beau bas-relief du temps de Louis XIV, représentant l'Annonciation. Dans un cadre sculpté à ornements.

87 — Terre cuite. — Joli groupe. — La Vierge, l'enfant Jésus et saint Jean. XVIIe siècle.

* 88 — Ivoire. — Petite statuette de saint Jean, dans une cage vitrée.

89 — Buis. — Petite figurine de Vénus debout.

90 — Bois. — Jolie statuette de saint Sébastien martyr; il est coiffé d'un casque. Signée VEITLANG, 1631.

91 — Terre cuite bronzée. — Deux figures de bacchants assis. Travail du XVIIe siècle.

92 — Terre cuite. — Joli groupe de trois figures d'enfants représentant l'Eté. Signé : P.-B. Xaveri. 1756.

93 — Terre cuite peinte en blanc. — Deux groupes attribués au même artiste, composés chacun de deux figures d'enfants et représentant l'Eté et l'Automne.

94 — Ivoire. — Groupe. — La Vierge et l'enfant Jésus. Travail espagnol.

95 — Terre cuite. — Haut-relief représentant un guerrier debout.

96 — Terre cuite. — Quatre consoles composées d'ornements et de mascarons. Deux d'entre elles portent des traces de dorure.

97 — Terre cuite. — Six consoles analogues à celles qui précèdent, mais plus petits.

98 — Terre cuite. — Quatre statuettes de femmes. Travail moderne.

99 — Terre cuite. — Deux statuettes de même travail, musiciens.

100 — Terre cuite. — La Vierge, debout, tenant son divin Fils sur son bras droit. Cette figurine nous semble avoir été moulée sur un bois du xve siècle.

101 — Terre cuite. — Deux figurines de saintes femmes, debout et drapées.

102 — Terre cuite. — Bas-relief carré, représentant les bustes en regard de Jésus enfant et de saint Jean, dans le style de Donatello.

103 — Terre cuite. — Médaillon ovale offrant en haut-relief une tête d'adolescent.

104 — Terre cuite. — Statuette d'après l'antique. Le Rémouleur.

105 — Terre cuite. — Figure d'enfant dans l'attitude de la course et étendant le bras.

106 — Cire peinte. — Deux médaillons ovales représentant des bustes de saints personnages. Dans un cadre carré en mosaïque de Florence et bordure en ébène guilloché.

OBJETS VARIÉS

107 — Plaque carrée. — Email de Limoges. — Peinture en émaux de couleurs représentant un sujet tiré de l'histoire du Christ. XVIe siècle.

108 — Deux statuettes d'enfants en bronze, dont un amour soufflant des bulles de savon.

109 — Deux plats ronds en cuivre jaune repoussé à godrons, à ombilic saillant et portant des inscriptions gravées. XVIe siècle.

110 — Grand plat rond en cuivre rouge repoussé à godrons.

111 — Deux seaux à anse mobile en cuivre rouge repoussé à godrons.

112 — Plat ovale en cuivre repoussé à ornements. Époque Louis XIV.

113 — Jardinière ronde en cuivre rouge repoussé à godrons et anses à rinceaux.

114 — Bouilloire en cuivre rouge repoussé sur pied en cuivre ciselé.

115 — Lot de plaques d'ébène incrusté d'ivoire, représentant des figures grotesques.

116 — Deux petites figurines en verre de couleur; vendangeur et vendangeuse debout.

117 — Petite lanterne en cuivre et verre gravé.

* 118 — Beau groupe en bronze : Enfant, triton monté sur un cheval marin. Travail italien du temps de Louis XIV.

* 119 — Lustre Louis XIII à six lumières modèle à consoles garni de cristaux de Bohême.

* 120 — Bénitier en bronze composé d'ornements à rinceaux. Style Louis XIV.

* 121 — Bénitier Louis XIV en bois sculpté et doré.

* 122 — Trois plaques d'ivoire gravé à sujets de personnages.

* 123 — Petit cadre Louis XIII en cuivre repoussé.

* 124 — Deux émaux de Limoges du XVIIe siècle : *Mater Dei* et *Salvator mundi.*

* 125 — Médaillon rond en bois sculpté et doré en partie : La Vierge à la crèche. Cadre noir.

* 126 — Haut-relief sans fond en bois sculpté : La Vierge tenant la croix.

* 127 — Ange voltigeant en bois sculpté et peint ; il est suspendu à un support en fer forgé et doré.

* 128 — Quatre plats ronds en cuivre repoussé ; l'un d'eux porte des inscriptions en caractères gothiques.

* 129 — Deux tableaux en albâtre sculpté à sujets religieux. Cadre en bois noir.

* 130 — Deux pièces : Boîte à hosties en fer peint et petit réveil renaissance.

* 131 — Petite coupe en cuivre gravé et argenté à trépied. Travail chinois.

* 132 — Petit vase forme balustre en émail cloisonné de la Chine, fond bleu turquoise à deux anses, têtes d'éléphant.

* 133 — Petit vase chinois forme cornet en bronze, avec socle.

* 134 — Statuette de la Vierge en bois peint.

BIJOUX

135 — Boîte carrée en émail de Saxe décorée de sujets de personnages dans le style de Watteau; portrait de femme à l'intérieur du couvercle.

136 — Boîte ovale en écaille blonde posée d'or à fleurs et animaux.

137 — Petite croix en or émaillé. XVIe siècle.

138 — Dessus de boîte ronde en ancienne porcelaine de Saxe décorée de sujets Watteau.

139 — Fermoir en argent gravé orné d'un mascaron en relief.

140 — Petite boîte forme losange à angles arrondis en ancien laque du Japon, décorée de papillons.

141 — Boîte carrée non montée en vieux saxe décorée de fleurs; le couvercle présente un groupe de quatre figures.

142 — Deux couvercles de brocs en argent.

MEUBLES

143 — Beau cabinet en bois d'ébène incrusté de filets d'ivoire; les tiroirs sont enrichis de plaques d'ivoire finement gravé à sujets tirés de l'histoire romaine. XVIe siècle.

144 — Joli petit cabinet italien fermant à deux portes, en bois d'ébène, enrichi de belles incrustations d'ivoire gravé. L'intérieur, garni de tiroirs, offre à son centre un motif d'architecture à deux colonnettes. Garnitures de cuivre doré.

145 — Grande et belle pendule du temps de Louis XIV avec socle-console en marqueterie de cuivre sur écaille richement garnie de bronzes.

146 — Pendule Louis XV en vernis de Martin à fond rouge décorée de fleurs et bronzes rocaille. Elle est accompagnée de son socle-support.

147 — Petite pendule de même style en corne verte.

148 — Autre Pendule de même style en vernis de Martin, décorée de fleurs sur fond blanc et garnie de bronzes très-fins.

149 — Deux glaces carrées avec cadres en bois sculpté et doré. Les frontons à rinceaux sont ornés d'un mascaron.

150 — Miroir de toilette de forme contournée, avec cadre en bois sculpté et doré.

151 — Glace carrée avec cadre en bois sculpté et doré en partie.

152 — Deux cadres ovales en bois sculpté à gorge et découpés à jour.

153 — Très-petit cabinet italien en bois d'ébène incrusté d'ivoire gravé à figures grotesques et ornements.

154 — Jolie petite pendule forme dite religieuse, en marqueterie des trois parties avec colonnettes détachées à chapiteaux corinthiens en bronze doré. Époque Louis XIII.

155 — Quatre cadres ovales en bois sculpté et doré à rinceaux fleurs et ornements. Travail italien. Ils renferment des dessins et des gouaches.

156 — Cadre italien en bois sculpté et doré à rinceaux.

157 — Petit meuble cabinet en bois noir clouté de cuivre ; une figurine en cuivre doré est placée dans la niche centrale.

158 — Deux torchères en bois sculpté, doré en partie, ornées de têtes de chérubins, de fleurs et d'ornements.

159 — Trépied en fer peint.

160 — Cadre carré à moulures guillochées en bois d'ébène à ressauts.

161 — Autre cadre à moulures guillochées en bois d'ébène.

162 — Deux cadres analogues, mais plus petits.

163 — Autre cadre analogue.

164 — Cadre en bois sculpté à rinceaux et tête ailée, rehaussé de couleurs.

165 — Deux cadres ovales en bois sculpté, à rinceaux découpés à jour.

166 — Cadre ovale en bois sculpté et doré, à ornements découpés à jour.

167 — Cadre carré en bois sculpté et doré, disposé pour recevoir cinq médaillons.

168 — Cadre carré à moulures guillochées, en ébène.

169 — Joli cadre carré en bois sculpté, époque Louis XIV.

170 — Deux commodes de forme contournée, en marqueterie de bois et d'ivoire à figures et ornements. Travail italien du XVIIIe siècle.

171 — Coffre de mariage en bois sculpté et marqueterie. Travail italien.

172 — Trois tabourets, dont un de forme ovale, en bois tourné et couverts en soie.

173 — Bureau italien de forme contournée, en marqueterie de bois.

174 — Glace à biseaux avec cadre à moulures guillochées en bois d'ébène.

175 — Porte-manteaux en bois sculpté.

* 176 — Régulateur du temps de Louis XV en bois satiné, garni de bronzes dorés.

* 177 — Petite pendule, forme dite religieuse, en marqueterie de Boulle.

* 178 — Pendule carrée en bois noir avec mouvement anglais.

* 179 — Miroir octogone avec cadre en bois noir et cuivre repoussé. Travail moderne.

* 180 — Miroir avec cadre, style François Ier, à têtes de satyres et ornements en fer. Travail moderne.

* 181 — Petit miroir ovale en bois sculpté à têtes de chérubins et ornements.

* 182 — Damier tric-trac en ébène, ivoire et écaille.

* 183 — Bureau à dos d'âne en bois de rose, garni de bronzes.

* 184 — Chiffonnier en bois de rose, garni de bronzes.

* 185 — Boîte porte-couteaux en ancien laque, fond noir et décor d'or.

* 186 — Lampe montée dans un vase en porcelaine du Japon, décoré en bleu, rouge et or, et garni en bronze.

TAPISSERIES

* 187 — Belle tapisserie du temps de Louis XIV avec figures ; les jardins d'Armide. Bordure d'ornements et d'attributs.

* 188 — Tapis de table à fond rouge et sujets de chasse au centre et bordure d'ornements et de vases de fleurs. XVIe siècle.

* 189 — Ecran en bois sculpté, garni d'une tapisserie au petit point, décorée de figures et d'ornements. Epoque Louis XIV.

TABLEAUX

BOURGUIGNON.

190 — Combat de cavaliers ; petit tableau en largeur.

191 — Mêlée de cavaliers combattant. Cadre en bois sculpté et doré.

ÉCOLE FRANÇAISE.

* 192 — Portrait de Marie de Médicis avec cadre en bois noir et filets d'or.

* 193 — Portrait de Gabrielle d'Estrée. Cadre en bois noir et or.

* 194 — Portrait de Louis XIII. Cadre en bois noir et or.

* 195 — Portrait de la grande Mademoiselle, duchesse de Montpensier. Cadre en bois noir et or.

ÉCOLE ITALIENNE.

196 — Sainte Catherine. Petit tableau sur cuivre de la fin du XVIe siècle. Cadre en bois d'ébène.

197 — Médaillon rond peint sur bois. Dalila.

198 — Deux paysages avec figures. XVIIIe siècle. Cadres sculptés dorés en partie.

199 — Deux médaillons ovales, paysages et figures. XVIIIe siècle. Cadres sculptés et dorés.

200 — Deux pendants ; grappes de raisin.

201 — Paysage traversé par un cours d'eau. Au premier plan, scène militaire.

202 — Chevaux à l'abreuvoir.

203 — Tête de saint Sébastien.

204 — Deux pendants : concert champêtre et scène d'intérieur. Fin du XVIIIe siècle.

205 — Deux pastels : triomphe de Vénus, d'après Boucher.

ÉCOLE VÉNITIENNE.

206 — Tête de jeune fille en riche costume du XVIe siècle. Cadre en bois sculpté et doré.

207 — Tête de femme vêtue de rouge et collerette blanche plissée.

MARIO DI FIORI.

208 — Quatre tableaux en hauteur pour trumeaux ; fleurs et gibiers.

209 — Fleurs et animaux de basse cour. Grand tableau sans cadre.

210 — Deux pendants : Vases de fleurs. Grands tableaux dans des cadres en bois sculpté et doré.

211 — Autre grand tableau de fleurs.

212 — Fleurs et fruits. Cadre à moulures noir et or.

TIEPOLO.

243 — Deux pendants : projets de plafonds; Mars et Vénus portés par des Amours.

www.ingramcontent.com/pod-product-compliance
Ingram Content Group UK Ltd.
Pitfield, Milton Keynes, MK11 3LW, UK
UKHW020227180726
13838UKWH00005B/2228